Si tu ne parviens pas à déchiffrer les messages codés, pas de panique ! Tu pourras toujours trouver la solution à la fin du livre.

FLEURUS

Direction : Guillaume Pô
Direction éditoriale : Sarah Malherbe
Édition : Raphaële Glaux
Conception graphique, intérieur et couverture : Studio Primo&Primo
Mise en pages et déclinaison de la couverture : Virginie Langlais
Correction : Aurélie Lacombe
Direction de fabrication : Thierry Dubus
Fabrication : Audrey Bord

www.fleuruseditions.com
ISBN : 978-2-2151-9428-6
MDS : FS94286

MATHILDE RAY
& EL GUNTO

MÈNE TON ENQUÊTE

Au centre équestre

FLEURUS

CHAPITRE 1

Bienvenue en Camargue

« Vous écoutez Radio Camargue ! crépite la vieille radio de la voiture. Voici les actualités. La mystérieuse bande de cambrioleurs continue de sévir dans la région. Après les vols spectaculaires commis dans cinq châteaux, ce sont de riches touristes étrangers qui ont été dévalisés. Bilan : des centaines de bijoux volatilisés. On soupçonne un gang spécialisé dans le trafic de l'or. La police est sur les dents, mais n'a aucune... »

– Houla ! grimace maman au-dessus du volant, éteignez-moi ça et contemplez plutôt le paysage !

De la banquette arrière, Paul échange un clin d'œil complice avec son père. Ça, c'est une phrase typique de maman ! Elle s'extasie toujours sur la nature… Cela dit, là, elle a raison. Le paysage qui défile est superbe : des prés ponctués d'étangs.

– C'est beau, la Camargue, hein, Louis ? dit-il.

Son petit frère, le front contre la vitre, répond par un monosyllabe joyeux. Paul est heureux de ces sourires qui l'entourent. Pas de doute, ces vacances en gîte équestre vont être un grand bol de découvertes et de repos !

***

– Bienvenue au mas des Dunes, les garçons !

La propriétaire ouvre les bras avec un grand sourire, et Louis, d'instinct, se cache derrière Paul.

– Tu aimes les chevaux, il paraît, Louis ? Tu viens leur dire bonjour ? Ils ont hâte de te rencontrer.

Louis sort la tête à la mention des chevaux. La main dans celle de sa mère, il suit la propriétaire.

– C'est ton frère ?

Paul se retourne. Une fille montée sur un superbe cheval alezan le regarde. Elle doit avoir son âge, mais il se sent petit tout à coup, car il a beau être à l'aise avec les chevaux, cette fille-là, il le sent, est une vraie cavalière. Le dos très droit, le regard fier sous sa bombe, on dirait qu'elle ne fait qu'une avec sa monture, qui lève la tête en frémissant des naseaux.

– Il est... poursuit la fille en suivant Louis des yeux.

« Zut », pense Paul. Il sait bien ce qu'elle va dire. Le mot qu'il entend toujours chuchoter quand il est avec son frère, au parc, dans la rue, au marché. Le mot qui tombe quand les gens remarquent les gestes décousus de Louis, sa parole hachée. « Handicapé ».

– ... trop mignon, conclut la fille.

Paul reste bouche bée. C'est la première fois que quelqu'un qui découvre son frère pour la première fois trouve le bon mot pour le décrire.

– Je suis Inès, la fille des propriétaires. Lui, ajoute-t-elle en flattant l'encolure de l'alezan, c'est Dash. Et toi, tu es Paul, c'est ça ? Tu montes bien ?

– J'ai mon Galop 3.

Il l'a dit avec un peu d'orgueil, et Inès sourit du haut de son cheval. Il se sent bête.

– Allez, viens, on va te trouver un équipement.

Il l'accompagne en admirant du coin de l'œil le profil hautain de Dash : les grands yeux bruns, la robe cannelle et la crinière tressée, réplique parfaite de la natte de sa cavalière. Ils arrivent à une prairie où paissent des dizaines de chevaux. Ils sont de races différentes mais la plupart sont petits et gris, avec des juments flanquées de poulains bruns. « Ce sont des camargues, se rappelle Paul, la race d'ici ».

– D'abord, il te faut une bombe, dit Inès. Tu en trouveras dans la remise, là-bas. Attention à ne pas passer trop près des chevaux.

Décidément, cette fille est intrigante, avec cette autorité et cette façon de rester en selle, immobile, droite comme un *i*. Pourquoi ne descend-elle pas pour l'accompagner ? Paul avance vers la remise. Il sait qu'on ne passe jamais derrière un cheval, car il peut ruer, et qu'il faut éviter ceux dont les oreilles sont couchées : ils sont agressifs et peuvent mordre.

Aide Paul à atteindre la remise.

– C'est bon, tu en as trouvé une à ta taille ? demande Inès quand Paul revient avec une bombe.

– Oui, mais avec de drôles de dessins dedans, dit Paul en sortant un papier qui était fourré dans la bombe.

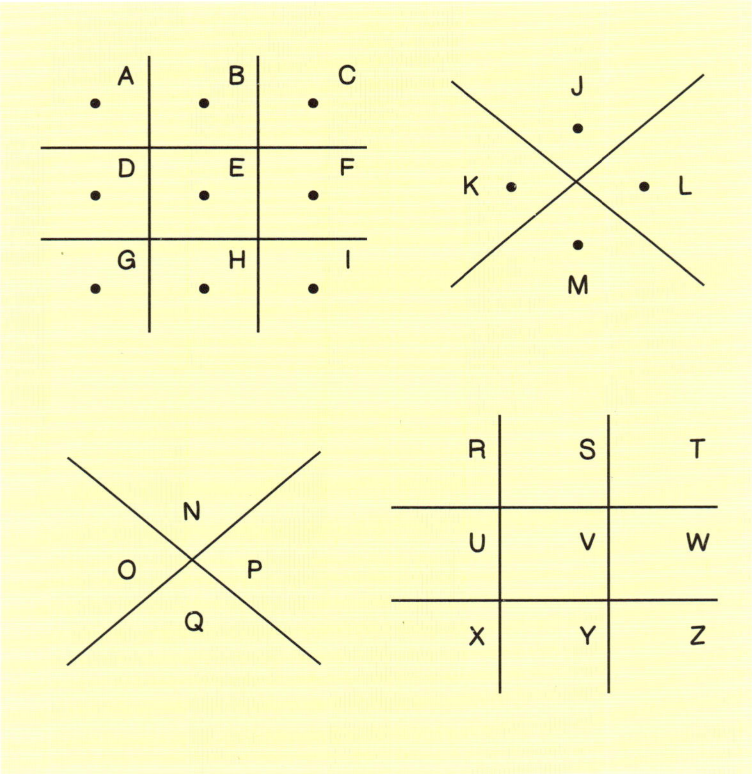

– Bizarre, dit Inès en empochant distraitement le papier. Bon, maintenant, il te faut une selle.

Elle part au trot dans un sentier. Paul la suit tant bien que mal, en pestant intérieurement : il a un point de côté. Les voilà bientôt devant un vaste bâtiment ; il abrite un manège dans lequel Inès pénètre à cheval. Sans un mot, elle appuie sur un bouton au mur. Paul ouvre des yeux ronds : voilà qu'un bras mécanique se déplie au-dessus d'elle. La suite est si rapide qu'il a du mal à y croire. Une sorte de hamac se déroule ; Inès s'y coule puis elle éloigne Dash d'une légère tape sur son flanc. Le hamac descend puis s'immobilise ; Inès est assise en l'air à quelques centimètres du sol.

– Tu me l'apportes ? demande-t-elle en désignant un fauteuil roulant, un peu plus loin. Place-le derrière moi.

Elle se laisse glisser dans le fauteuil et roule jusqu'au mur, où elle appuie de nouveau sur le bouton. Le robot se replie.

– Alors… tu es… bafouille Paul.

– ... handicapée, complète Inès avec une note de défi dans la voix. J'ai les jambes paralysées. Bon, on va la chercher, cette selle ?

Et elle se propulse en direction d'un couloir qui ouvre sur un atelier.

Dans la sellerie flotte une bonne odeur de cuir. Alignées le long des murs, les selles bien astiquées reluisent, à côté des étriers et des brides.

– Je ne sais pas laquelle irait le mieux. Celle-ci est un peu petite... Celle-là, peut-être ? Tiens !

Inès s'est interrompue à la vue d'un papier blanc par terre. Paul le ramasse.

FLORA SUNDAY VA ARRIVER.
TIENS-TOI PRÊT !

– Illisible, dit Paul. C'est écrit à l'envers.

– Attends, j'ai une idée ! répond Inès en sortant un miroir de la poche de sa veste.

– Flora Sunday ! décrypte Paul, tout excité.

– Qui c'est ?

– Quoi ? Mais tu sais bien ! L'actrice de *Mystère au château* !

– *Mystère au château* ? Connais pas.

– Mais si ! La série !

– Je ne regarde pas les séries. Moi, ce qui m'intéresse, ce sont les chevaux.

– Justement, il y a de ces scènes de cavalcade ! À la dernière saison, l'héroïne a reçu un étalon et...

– Bon, ça ne nous avance pas à grand-chose pour la selle. Il faut demander à Xavier. C'est lui qui s'occupe de ça, ici.

Elle sort de la pièce et Paul la suit, désarçonné. Quelle drôle de fille ! Comment peut-on ne pas s'intéresser à *Mystère au château* ?

– Où est-il ? poursuit-elle en arpentant le couloir. Il veille aussi sur la santé des chevaux ; c'est un peu notre génie à tout faire !

En passant devant l'atelier, les deux enfants entendent du bruit.

– Toc, toc ! Xavier, on peut entrer ?

Un grand bruit d'outils qui chutent... Et la porte s'ouvre sur un visage écarlate et luisant de sueur.

– Désolée, Xavier, on te dérange à la forge ? Tu vois, Paul, Xavier est aussi notre maréchal-ferrant. Il façonne les fers des chevaux. J'adore l'espionner ici : regarde un peu sa collection d'outils ! Alors, tu changes les fers d'un cheval ? Lequel ?

Xavier s'essuie le front avec son tablier, mais Inès ne lui laisse même pas le temps de répondre.

– Oh ! mais c'est le bazar dans les fers ! Tu as tout mélangé : les tailles et les formes !

– Je ne savais pas que les fers à cheval avaient des formes différentes, s'étonne Paul en regardant l'amas de fers sur la table.

– Eh oui, dit Inès. Chaque cheval a les siens, comme nous, nos chaussures. Sauf ceux qui vont « pieds nus », comme on dit, car ils mènent une vie tranquille ! Par exemple, les plus anciens de nos chevaux : ceux qui sont à la retraite.

Aide Inès et Paul à reconstituer les paires.

– Il y en a qui sont vraiment lourds, constate Paul.

– Au fait, Xavier, je n'arrive pas à choisir une selle pour Paul. Tu viendrais nous aider ?

Dans la sellerie, lorsque Xavier tend une selle à Paul, un cri retentit au-dehors.

– Au voleur ! hurle une femme.

Xavier lève la tête, comme un cheval aux aguets.

– J'y vais, dit-il d'une voix rauque, et Paul se rend compte que c'est la première fois qu'il entend le son de sa voix. Restez là.

Les enfants le suivent des yeux comme il traverse le manège en courant. Mais le regard d'Inès s'arrête sur des signes tracés dans le sable ; des motifs géométriques qui lui rappellent quelque chose…

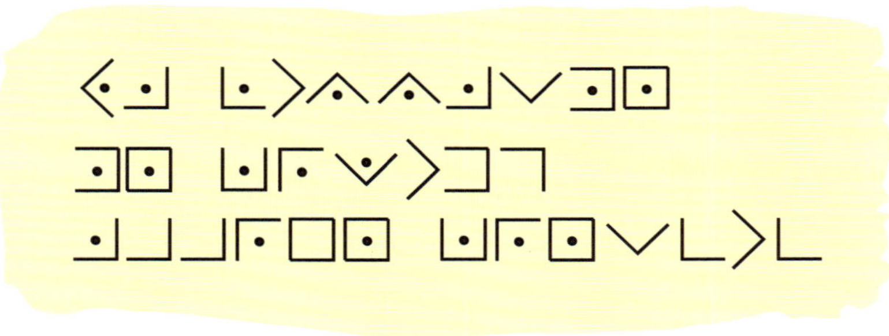

– Regarde, Paul ! Tu ne trouves pas que ça ressemble…

– … aux dessins de tout à l'heure !

Inès sort de sa poche le papier trouvé au fond de la bombe. Pas de doute, les motifs correspondent. Ce qu'ils voient au sol est un message codé… et le code est entre leurs mains. Ils déchiffrent à la hâte. Des bijoux ? Un vol ? Est-ce que par hasard…

– Le gang des cambrioleurs, murmure Paul.

– Vite, allons voir qui a crié ! dit Inès.

CHAPITRE 2

Flora Sunday

– Le cri venait du gîte, dit Inès en roulant vers le mas. Une femme. Sans doute la folle arrivée hier, celle qui occupe la grande suite à l'étage.

– La folle ?

– Une espèce de volcan monté sur pieds. Une boule de cheveux roux qui partent dans tous les sens, et au milieu, un flot de paroles comme de la lave en fusion. Avec elle, on n'arrive pas à caser un mot – même la grande brune énergique qui l'accompagne et qui doit être sa domestique.

Dans le vestibule, Inès presse un bouton pour appeler un ascenseur, puis manœuvre son fauteuil pour y entrer pendant que Paul retient les portes. Puis, comme il s'apprête à entrer aussi, Inès déclare :

– Ah non, tu rêves ! Toi, tu as tes jambes. Tu prends l'escalier.

Appuyant sur le bouton, elle lui ferme les portes au nez. Paul grimpe à l'étage en pestant et en riant. Quel culot ! Qui a parlé de volcan en éruption ? Sur le palier, de retentissantes lamentations le guident jusqu'à une porte ouverte qui dévoile une suite luxueuse dans laquelle une femme gesticule et pousse de hauts cris. Abasourdis devant cette furie, Paul reconnaît son père, Xavier, et la mère d'Inès.

– Tu as vu ? dit Inès qui l'a rejoint sur le seuil, ça, c'est un tempérament de feu !

– Flora Sunday, balbutie Paul.

Elle est exactement comme dans *Mystère au château* : les yeux qui lancent des éclairs, la voix qui roule des trémolos furieux. Ses scènes de colère sont celles qu'il préfère dans la série, et il y en a beaucoup ! Et en voilà en live !

– Tous mes bijoux, gémit-t-elle. Colliers, bracelets, broches : partis, disparus, volatilisés !

– Où étaient-ils rangés ? intervient la mère d'Inès. Qui sait, ils ont peut-être juste gliss...

– Je suis donc épiée, suivie jusque dans ma chambre !

L'actrice s'écroule dans un fauteuil et sort un mouchoir pour s'essuyer les yeux. Quel talent ! Elle joue maintenant le grand désespoir, se dit Paul, comme dans le dernier épisode de *Mystère au château*. Est-ce qu'elle est toujours en représentation, dans la vie ? Une femme debout à côté d'eux (sûrement la « grande brune énergique » dont parlait Inès) désigne discrètement le dressing à la propriétaire.

– Regardez : j'avais tout rangé impeccablement. Comme vous voyez, j'aime que les choses soient bien symétriques... Les bijoux ont disparu.

Les enfants échangent un regard ébahi. Toute cette garde-robe juste pour un séjour ici ! Où pouvaient être les bijoux dans ce musée de la Mode ?

Et toi, as-tu une idée ?

VOLER
TOUT L'OR

– Tiens, un autre message écrit en miroir, chuchote Inès en ramassant un morceau de papier. Le voleur avait des instructions !

– La chambre n'était pas fermée à clé ? demande la propriétaire.

– Mais si ! Quand Mme Sunday est sortie cet après-midi faire du cheval, j'ai verrouillé sa porte. J'avais laissé la clé en bas, derrière votre comptoir.

– Quelle heure était-il ?

– Je ne sais plus très bien...

– Pssst ! chuchote Paul à Inès en désignant un objet par terre. On devrait avoir la réponse ici.

En effet, parmi l'impressionnante collection de montres de Flora Sunday, l'une est tombée par terre pendant le cambriolage. Elle s'est brisée, et son mécanisme s'est arrêté, si bien qu'elle est restée à l'heure du vol. Seul problème : c'est une montre sans chiffres. Dans quel sens faut-il la lire ?

Aide les enfants
à trouver l'heure du vol !

Dans la pièce, les sanglots ont redoublé. Prostrée dans un fauteuil, Flora Sunday, la tête dans son mouchoir, gémit :

– Laissez-moi seule.

***

– Dites donc, dit Inès à ses parents, vous auriez pu me prévenir qu'on avait une star au gîte !

– Nous étions tenus à la discrétion, sourit son père. Flora Sunday tenait à rester incognito. Elle se plaint d'attirer l'attention partout où elle va : les fans l'arrêtent dans la rue, les journalistes lui courent après… Son séjour ici devait rester confidentiel. Mais apparemment, ça n'a pas marché : quelqu'un a suivi sa trace… et celle de ses bijoux.

– Nous avons appelé la police, ajoute sa mère. Tu peux faire un tour du domaine avec Paul si tu veux, mais ne sortez pas : la police nous a demandé de fermer les grilles. Comme personne n'est sorti cet après-midi, les bijoux doivent encore être au mas des Dunes. Ils vont tout fouiller de fond en comble.

– Si Flora Sunday espérait passer une semaine tranquille ici, c'est raté ! Elle va rester, tu crois ?

– Oui, d'après son imprésario ; la femme que vous avez vue avec elle, là-haut.

– Ah ? Ce n'est pas sa domestique ?

– Non, c'est son agente. Elle l'aide dans sa carrière.

***

– Tu as vu l'heure que marquait la montre ? demande Paul à Inès.

Ils ont retrouvé Dash au manège, et Paul a choisi Éole, un petit camargue vif, au long toupet luxueux qui tombe en cascade sur ses grands cils. Les deux chevaux trottinent tandis que leurs cavaliers essayent de démêler ce qu'ils ont vu tout à l'heure.

– Oui. Quatre heures de l'après-midi. L'heure de votre arrivée.

– Non, juste après. On est arrivés à quatre heures moins dix. À quatre heures, mon frère est parti voir les chevaux avec nos mères, et nous, nous sommes allés me chercher un équipement.

– Et mon père a dû montrer vos chambres au tien pour qu'il décharge vos bagages. Elles sont au rez-de-chaussée, à l'autre bout du gîte par rapport à la suite de Flora Sunday.

– Donc le voleur a pu prendre la clé de la suite derrière le comptoir, monter à l'étage, voler les bijoux… Ça demande un sacré sang-froid ! Qui a pu oser ? Il y a beaucoup d'hôtes au gîte en ce moment ?

– Voyons… Plusieurs sont partis hier, avant l'arrivée de Flora Sunday. On a quelques habitués, qui reviennent chaque année. Des passionnés de chevaux ; pas franchement des profils de voleurs !

Les enfants se taisent. Leurs pensées, comme leurs chevaux, trottent au même rythme. Ils repensent aux messages qu'ils ont décodés : « Flora Sunday va arriver. Tiens-toi prêt ! », « La commande de bijoux arrive bientôt. », « Voler tout l'or. ». Des individus ont rôdé sur le domaine pour organiser ce vol.

– Des gens venus de l'extérieur ? suggère Paul.

– Comment seraient-ils entrés sans qu'on les voie ? Les murs sont hauts, il y a plusieurs grilles, et les vidéos de surveillance montrent que personne n'est passé par là.

– La police va trouver, alors.

– J'espère bien, vu le bataillon qu'ils ont envoyé ! Regarde, ils ont dû finir de fouiller les chambres, et les voilà qui inspectent même les abreuvoirs des chevaux ! Tu vas voir qu'ils vont disséquer le crottin.

Paul sourit. Dans la prairie, plusieurs hommes en uniforme sont penchés au-dessus des bassines.

Un autre examine une mangeoire dans un grand enclos où une paisible jument isabelle le regarde avec étonnement. Elle est entourée d'autres animaux – un gros cochon et des canards – aussi placides qu'elle, qui ne comprennent pas toute cette agitation.

– C'est Pacha, l'aïeule de nos chevaux. Elle a bien mérité sa retraite ! Elle ne quitte plus l'enclos, sauf le dimanche, où Xavier la sort pour un petit tour sur la plage... Le reste du temps, elle mène la belle vie avec ses amis animaux – et les enfants, dont elle est la mascotte. C'est la plus douce, la plus gentille. D'ailleurs regarde, elle a de la visite...

En effet, Louis, le petit frère de Paul, est entré dans l'enclos avec le maréchal-ferrant. Lentement, il s'approche de Pacha et caresse son flanc. La jument tourne vers lui ses beaux yeux noirs. Un sourire illumine le visage de Louis, qui brandit une carotte et l'approche de la bouche de Pacha.

– Il aime les chevaux, ton frère, ça se voit. Et les chevaux l'aiment en retour. Ils sentent nos émotions et ils y répondent, dit Inès en flattant la crinière de son compagnon. Dash et moi, on se comprend parfaitement. Il sait exactement quand je suis triste, ou joyeuse, ou anxieuse. Et personne ne sait mieux que moi quand il est heureux ou fâché. Sauf Xavier, qui comprend les chevaux comme personne. Il a un vrai don avec eux.

Une voix retentit du côté du mas :

– Le dîner est servi dans une demi-heure !

– Il faut rentrer, dit Inès.

Mais lorsqu'elle étreint une dernière fois Dash avant de retrouver son fauteuil roulant, son regard s'arrête à nouveau sur le sable du manège, juste devant les sabots du cheval.

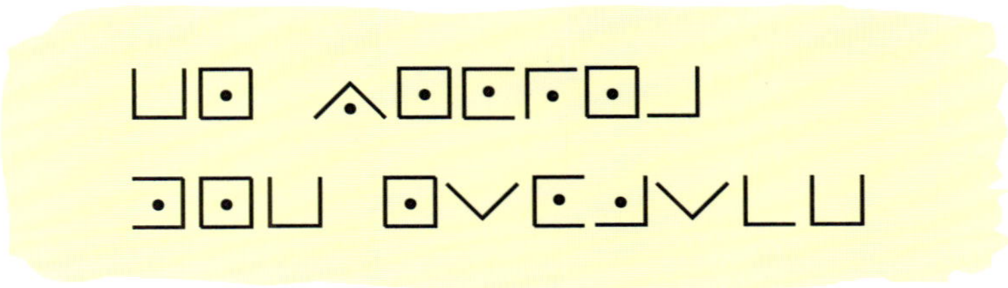

CHAPITRE 3

Un étrange moniteur

Quand Paul sort du gîte le lendemain matin, Inès est déjà montée sur Dash. Elle reparle d'emblée du dernier message déchiffré dans le manège.

– Il disait de « se méfier des enfants ». Tu crois que ceux qui ont volé les bijoux nous surveillent ?

– Peut-être qu'ils ont remarqué qu'on jouait un peu aux détectives ! rit Paul.

– En tout cas on a la preuve qu'ils sont encore dans le domaine, puisqu'ils continuent à communiquer. D'ailleurs j'ai vu que le message avait été effacé.

Ils décident de faire le tour du domaine et vont chercher Éole, mais en arrivant au pré, Inès s'exclame :

– Qui a laissé les barrières ouvertes ? Ça doit être le moniteur. Il est nouveau. Quand même, on lui a bien expliqué que ces chevaux-là ne doivent pas se mélanger. Ils risquent de se bagarrer : certains sont jaloux ou agressifs, d'autres se laissent piquer leur nourriture… On les a mis en trios exprès.

Elle fronce le nez et détaille les chevaux.

– Bon, ça va, les trios sont restés ensemble… Mais sur les six groupes, deux se sont intervertis. Il y avait en tout, à droite, trois chevaux gris, trois chevaux bais et trois chevaux pie. Pareil à gauche.

Paul voit défiler en pensée ses cours d'équitation. Un cheval bai a des poils fauves et les crins et l'extrémité des jambes noirs. La robe pie est composée de larges taches blanches et d'une autre couleur. Quant à la grise… Facile !

Trouve les deux trios
ayant inversé leurs positions.
Il doit y avoir,
à droite comme à gauche,
trois chevaux de chaque robe.

Une fois l'ordre rétabli, Paul emmène Éole. Avec Dash et Inès, ils partent à la recherche du moniteur, car Inès tient à lui rappeler de bien fermer les barrières.

– Il doit être au manège. Il donne un cours ce matin.

Lorsqu'ils arrivent à la bâtisse et jettent un coup d'œil à travers ses larges baies vitrées, Inès éclate de rire. Sur la piste, le moniteur tente laborieusement de maintenir Flora Sunday sur la croupe d'un grand cheval noir au port farouche. Cramponnée à l'encolure, l'air furibond, l'actrice lâche une bordée d'imprécations.

– Je crois qu'il ne fallait pas choisir Rex, explique poliment le moniteur. Pour une débutante, c'est ambitieux.

– Pas ambitieux : nécessaire ! C'est exactement ce genre de cheval que mon héroïne reçoit dans *Mystère au château*. Un étalon noble et sauvage comme elle. Elle l'apprivoise et galope dans la lande, les cheveux au vent... Ça va être une scène magnifique !

Mais Rex ne l'entend pas ainsi. Les oreilles couchées, il piaffe et gratte le sol de ses sabots, les muscles saillants sous sa robe lustrée.

– Mais, proteste l'imprésario, on tourne la scène dans dix jours. Vous ne serez jamais capable de...

– Flora Sunday est capable de tout ! tonne son interlocutrice d'une voix superbe, que démentent les gouttes de sueur perlant à son front tandis qu'elle s'agrippe désespérément à la crinière.

– Mais le réalisateur propose de vous doubler pour les scènes de chevauchées ! On trouvera une cascadeuse, il suffira de la filmer de loin, ou de dos... Il a déjà fait faire une perruque imitant vos cheveux !

– On n'imite pas Flora Sunday ! clame l'actrice en se redressant fièrement.

C'est le moment que choisit Rex pour l'envoyer valser au sol d'une vigoureuse ruade.

– Badaboum, la star ! rit Inès de l'autre côté de la baie vitrée – avant de baisser rapidement la tête car la cavalière désarçonnée a tourné la tête dans leur direction au son de sa voix.

– Nous sommes bien seuls, Cécile ? demande-t-elle, soupçonneuse, à l'imprésario. Ces leçons doivent rester ab-so-lu-ment confidentielles ! Avez-vous bien dit aux propriétaires de renvoyer ces policiers ? Ils n'arriveront à rien, ou juste à attirer les curieux. S'ils ne m'épient pas eux-mêmes !

– Oh ! chuchote gaiement Inès, voilà la raison du secret qui entourait le séjour de notre grande actrice ! Elle ne veut pas être vue en mauvaise posture. Elle tient à garder son auréole de gloire !

– Et à devenir une professionnelle équestre en dix jours, sourit Paul.

Si sa fascination pour l'actrice de *Mystère au château* reste intacte, il doit reconnaître que dans la vraie vie, Flora Sunday est terriblement agaçante !

– Même en dix mois elle n'y arriverait pas, tranche Inès. Son problème, c'est qu'elle n'aime pas les chevaux. Elle veut juste jouer la cavalière sauvage, chevelure au vent. Son cheval, elle s'en fiche. Et Rex l'a bien senti. L'équitation n'est pas une question de talent ; c'est une affaire d'amitié.

Paul trouve Inès un peu sévère, mais tout à coup, il ouvre de grands yeux. Flora Sunday s'est relevée et, avec l'aide du moniteur, remonte bravement en selle.

– Oh ! À propos d'incompétence... Il y a quelqu'un d'autre ici qui n'y connaît rien aux chevaux !

Inès plisse les yeux. Que veut dire Paul ?

Aide-la à trouver ce qui cloche !

– Oh ! il a de la chance de n’avoir pas encore pris un coup de sabot !

– Oui… Ça ne doit pas être un vrai moniteur ! Mais alors, il ne peut être ici que pour une raison…

Les deux amis se concertent fiévreusement. La police est partie : à eux de prendre les choses en main. Il faut avoir à l’œil ce pseudo-moniteur et le filer pour qu’il les mène au butin de son gang.

Heureusement, l’attente n’est pas longue ! Flora Sunday, épuisée, quitte le manège sans avoir ni progressé ni capitulé. Alors l’homme se penche et se met à écrire dans le sable.

15

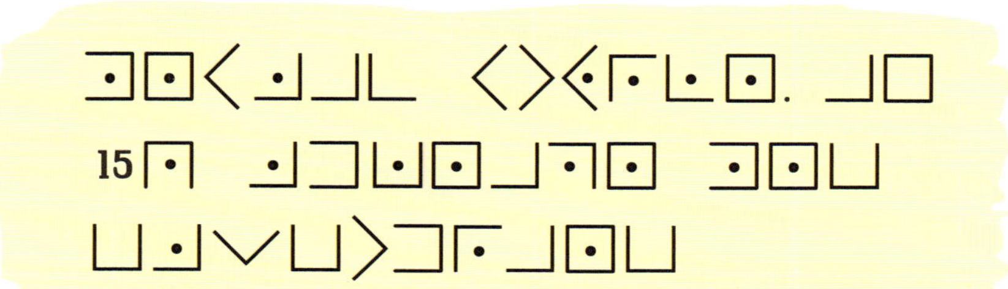

CHAPITRE 4

L'auberge des Sansouïres

Ayant annoncé à leurs parents qu'ils partent faire un tour à cheval, les enfants quittent le mas des Dunes en début d'après-midi. Inès a un plan de bataille.

– C'est simple. Notre soi-disant moniteur est parti en excursion avec des randonneurs le long de la côte. C'est un tour de deux heures à peu près, et l'habitude est de proposer au groupe une halte au milieu, dans une auberge. Les chevaux peuvent souffler un peu, les randonneurs peuvent prendre un verre en terrasse en admirant la mer... et notre ami moniteur peut retrouver son complice !

– Ah ! Et cette auberge, elle ne s'appellerait pas l'auberge des Sansouïres, par hasard ?

– Exactement. Notre suspect y sera d'ici une petite heure – et nous aussi, bien sûr, comme ça, on verra qui est son compère. Mais lui, il ne faut surtout pas qu'il nous voie. Impossible de le suivre sur la plage, on serait à découvert. On va prendre par les marais.

À mesure qu'ils avancent, le paysage se transforme insensiblement. L'herbe rase fait place à de la terre mouillée où les sabots de Dash et d'Éole s'enfoncent ; des nappes d'eau apparaissent çà et là, puis de larges étangs couverts de roseaux.

– Ne fais pas de bruit, murmure Inès. Tu vas voir.

Paul arrête Éole. Il vient d'apercevoir un groupe d'animaux progressant paisiblement dans les roseaux.

– C'est beau, hein ? C'est toute la Camargue ! Des chevaux, des flamants roses et des garde-bœufs.

– Des garde-bœufs ? Je ne vois ni bœufs ni gardes.

– Si, si ! Je t'aide : il y en a sept... Ou presque !

Et toi, vois-tu les sept garde-bœufs ?

– Je me rappelle la première fois que j'ai vu une scène comme ça, dit Inès rêveusement. Je suis immédiatement tombée amoureuse de ce paysage. Les parents ont acheté le mas, et on s'est installés en Camargue.

– Ah bon, tu n'es pas née ici ?

– Non, on habitait loin, dans une grande ville. Mais papa et maman voyaient bien que je ne vivais que pour le cheval. Ils m'avaient offert Dash le jour où les médecins nous ont dit que je ne pourrais jamais marcher. C'était un poulain. On l'avait mis en pension dans une écurie, et j'allais le monter le week-end. En nous voyant ensemble, les parents ont compris qu'on avait besoin l'un de l'autre. D'où l'idée d'ouvrir un gîte équestre... Xavier, qui a été embauché dès le début, a été génial : il a choisi les chevaux un à un, les a dressés, en a pris soin. Tout ce que je sais des chevaux, je le lui dois.

À l'évocation de ces souvenirs, Dash a levé la tête. Ses grands yeux bruns sont attentifs. Paul sent qu'il est ému, qu'il vibre à l'unisson d'Inès. Celle-ci caresse tendrement sa tresse.

– Dash et moi, on a grandi ensemble. On partage tout : chagrins, joies... On est inséparables. Il est comme une partie de moi-même. D'ailleurs, il est mes jambes, ajoute-t-elle avec un regard à ses jambes inertes. Quand je suis sur son dos, j'ai l'impression d'être enfin comme tout le monde.

– Tu n'es pas comme tout le monde, murmure Paul. Tu es beaucoup mieux que ça...

Comment lui dire l'impression qu'elle lui donne – ce mélange unique de fragilité et de force, de grâce et d'énergie ? Inès lui rend son regard. On dirait qu'elle a compris ce qu'il veut dire. Elle rougit sous le compliment et pique un brusque galop. Paul, éclaboussé d'eau salée, rit et talonne Éole, projetant à son tour une grande gerbe d'eau.

Les chevaux qui broutaient les roseaux s'interrompent et lèvent la tête. Ils se demandent d'où vient ce joyeux tintamarre de cris et de hennissements.

***

L'auberge des Sansouïres est une jolie bâtisse blanche perchée sur la côte, ceinte d'une terrasse d'où l'on peut admirer la mer à perte de vue. Elle est flanquée de hauts massifs végétaux derrière lesquels les enfants se postent : les voilà à l'abri des regards.

– J'adore cette auberge, chuchote Inès. J'y ai passé des heures après mes randonnées avec Dash. Les propriétaires étaient aux petits soins avec moi. Malheureusement ils l'ont vendue, et le nouveau patron veut la transformer en hôtel hypermoderne avec appartements de luxe, grands parkings... même une piscine ! Tu imagines ! Une piscine au bord de la mer !

Elle secoue la tête en parcourant du regard la côte sauvage, la plage déserte léchée par la mer.

– En plus, il a l'air odieux. Tiens, le voilà !

Paul regarde entre les branches. Un homme trapu s'est posté sur le seuil de l'auberge. Il maugrée :

– Le groupe de randonneurs à cheval n'est pas encore là ?

– Non, mais ils ne devraient plus tarder, répond une voix d'homme dans l'auberge.

– Tu les expédieras en vitesse. Sinon ils passent des heures à regarder la mer en payant juste un verre de limonade… Tu parles de clients ! C'est pas des randonneurs, que je veux ici, c'est des touristes. Des gros touristes pleins d'argent !

Lorsque le groupe arrive quelques minutes plus tard le patron les accueille d'un signe de tête maussade et, sans un mot, prend les brides des chevaux qu'il mène à de grands abreuvoirs creusés dans des troncs d'arbres, juste devant les massifs où les enfants se cachent. Il leur apporte un peu de foin, s'affairant autour d'eux avec une mauvaise humeur évidente, puis se retire dans l'auberge où le groupe a déjà pénétré, laissant le moniteur seul auprès des chevaux.

– Il est quinze heures, souffle Paul, l'œil sur sa montre.

Le complice ne va pas tarder. Les enfants restent aux aguets, caressant doucement les crins des chevaux immobiles comme des statues.

– Le voilà !

Une silhouette se découpe là-bas sur la plage. Ils plissent les yeux. C'est une ombre mince, à l'allure furtive, marchant la tête baissée sous un chapeau à larges bords. Les enfants étouffent une exclamation. Ce pantalon… Ces chaussures… Ils les ont déjà vus quelque part. Mais où ?

Et toi, t'en souviens-tu ?
Aide-toi des illustrations du chapitre 3.

C'est l'imprésario de Flora Sunday ! Ils auraient dû y penser. Qui pouvait commettre le vol aussi facilement que Cécile ? Il lui suffisait d'attendre que l'actrice quitte sa chambre, de rafler les bijoux, et de donner l'alerte.

Maintenant qu'ils ont identifié les malfaiteurs, les enfants vont pouvoir remonter jusqu'au butin. Pourtant, les enquêteurs ont minutieusement fouillé les lieux. Où les complices ont-ils pu dissimuler les bijoux ? Le temps presse, et quand ils auront remis les bijoux à leur gang, ce sera trop tard... Cécile s'est approchée et les enfants tendent l'oreille. Hélas, les deux complices parlent trop bas, et seules quelques bribes de leur dialogue parviennent aux enfants. Le moniteur semble se défendre : « J'ai reçu les bijoux, mais... », puis « ... aucune idée. Je ne sais pas comment... ». Quant à l'imprésario, le visage fermé, elle a l'air de le rabrouer : « ... attention... », puis « ... ces enfants ont l'air louche ! ». Soudain, la porte de l'auberge s'ouvre : une randonneuse s'approche du moniteur.

– On doit repartir. La terrasse est fermée.

– Fermée ? s'étonne le moniteur. Il y a des nappes sur les tables et des couverts.

– Le serveur dit que c'est réservé à ceux qui prennent un repas complet.

Le temps que le moniteur aille chercher le groupe, Cécile a tracé par terre un message avant de partir.

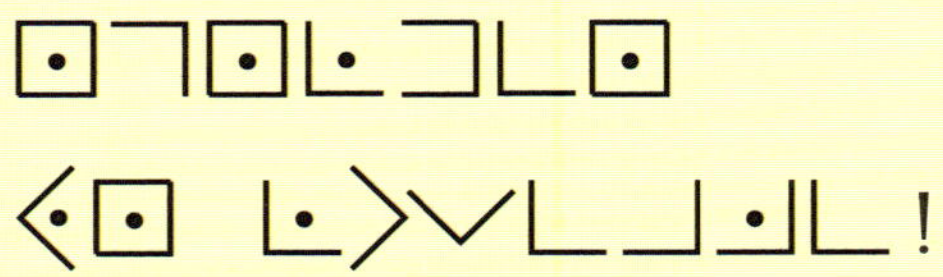

Après le départ du groupe, les enfants s'approchent pour lire le message.

– Tiens, remarque Paul, il y a un papier par terre. Laissé par le moniteur pour Cécile ?

LIVRAISON DU BUTIN DEMAIN MIDI.

CHAPITRE 5

Une découverte

Les enfants sont de retour au manège. Paul procède au pansage en règle d'Éole, rentré tout crotté des marais. Il a lavé et brossé avec soin sa robe et tâche maintenant de démêler les crins épais ; mais cette toilette n'est pas du goût d'Éole, qui le fait savoir en renâclant de plus en plus fort. Paul jette un coup d'œil jaloux à Xavier qui bouchonne Dash en lui soutirant des drôles de petits soupirs de satisfaction. Inès a raison : cet homme a vraiment un don avec les chevaux.

– Bon, j'arrête là. Xavier, tu veux que je range les selles ? Les randonneurs les ont laissées par terre.

– Merci, c'est gentil. C'était le boulot du moniteur, grommelle Xavier. Drôle d'oiseau, celui-là.

Il n'a pas l'air très au courant de ce qu'est un cheval. Il a dû trouver son diplôme dans une pochette-surprise.

– Je vais t'aider, dit Inès, qui attrape plusieurs selles, les pose en équilibre sur ses genoux et s'élance en fauteuil jusqu'à la sellerie.

En accrochant les selles le long du mur, Paul les caresse des doigts. Elles ont été faites à la main par un artisan de la région, lui a expliqué Inès. Il admire leur souplesse, le cuir lustré aux teintes noisette, l'extrême précision du travail qui les rend toutes parfaites... Tiens, c'est drôle, l'une d'entre elles a une particularité qui la différencie des autres. Un tout petit détail...

– Regarde, dit-il gaiement en se tournant vers Inès, je crois que j'ai trouvé... une boîte aux lettres !

– Comment ça ? demande Inès en approchant son fauteuil.

Aide-la à trouver
le détail insolite !

Inès, stupéfaite, glisse un doigt dans la fente.

– Tu as raison ! Voilà comment les voleurs échangent les messages codés !

Tout à coup, un bruit retentit derrière les enfants. Ils se retournent. Xavier, entré derrière eux dans la pièce, a laissé tomber les étriers qu'il portait et les regarde fixement, comme frappé de stupeur.

– Je crois, dit Inès, qu'on peut tout lui raconter.

Xavier lui lance un regard interrogateur.

– Oui, parce que ce moniteur, il est encore plus suspect que tu ne crois.

Et elle lui résume tout ce qu'ils ont découvert depuis la veille. Elle lui montre d'abord le code secret trouvé au fond de la bombe ; puis elle évoque les phrases tracées au sol, et les messages en miroir.

– Donc le vol n'est pas l'œuvre d'un individu isolé, mais d'une bande organisée. C'était minutieusement prémédité. Sans doute un nouveau coup du gang que la police recherche depuis des semaines !

Xavier écoute, pâle comme un linge.

– Et il y a plus ! renchérit Paul, qui raconte le rendez-vous secret surpris un peu plus tôt. L'imprésario a donc volé les bijoux, et elle les a transmis au moniteur d'une façon ou d'une autre, puisqu'il a dit qu'il avait « reçu les bijoux ». Mais elle avait l'air fâchée ; on l'a vue insister, sans doute pour qu'il passe rapidement le magot à leur bande... Elle lui a laissé un message : « Exécute le contrat ! »

– La livraison du butin aura lieu demain à midi, conclut Inès en montrant à Xavier le papier trouvé près de l'auberge. Je pense qu'il faut vite appeler la police, pour qu'elle empêche toute sortie du domaine et arrête les coupables.

– Peut-être, dit Xavier lentement, qu'il vaut mieux attendre un peu avant de donner l'alerte. Imaginez qu'ils nient tous les deux... Qu'ils refusent de dire où sont les bijoux...

– Pendant ce temps, complète Paul, un complice pourrait venir au mas pour les récupérer dans leur cachette !

– Exactement. Est-ce qu'il ne vaut pas mieux chercher cette cachette nous-mêmes, pendant qu'ils ne se doutent de rien ?

– Si on regardait dans la chambre du moniteur ? suggère Inès. Il est en train de prendre un apéritif au gîte avec son groupe de randonneurs.

Elle est un peu gênée de proposer ça, mais Xavier acquiesce d'un hochement de tête, et elle a confiance en son jugement. Aussitôt convenu, aussitôt fait : les voilà bientôt à la porte de l'appartement qu'occupe le moniteur ; un studio attenant au manège. Xavier, qui parmi ses fonctions a celle de gardien du mas, a emporté sa clé passe-partout. Ils ont vite fait de repérer, sur le bureau, une mallette fermée par un gros cadenas. Au tintement qui se produit à l'intérieur quand ils la soulèvent, ils ne doutent pas de son contenu. Mais comment l'ouvrir ?

– Ici ! dit Paul en avisant un trousseau de clés sur une étagère.

Aide-les à trouver la bonne clé pour ouvrir la mallette !

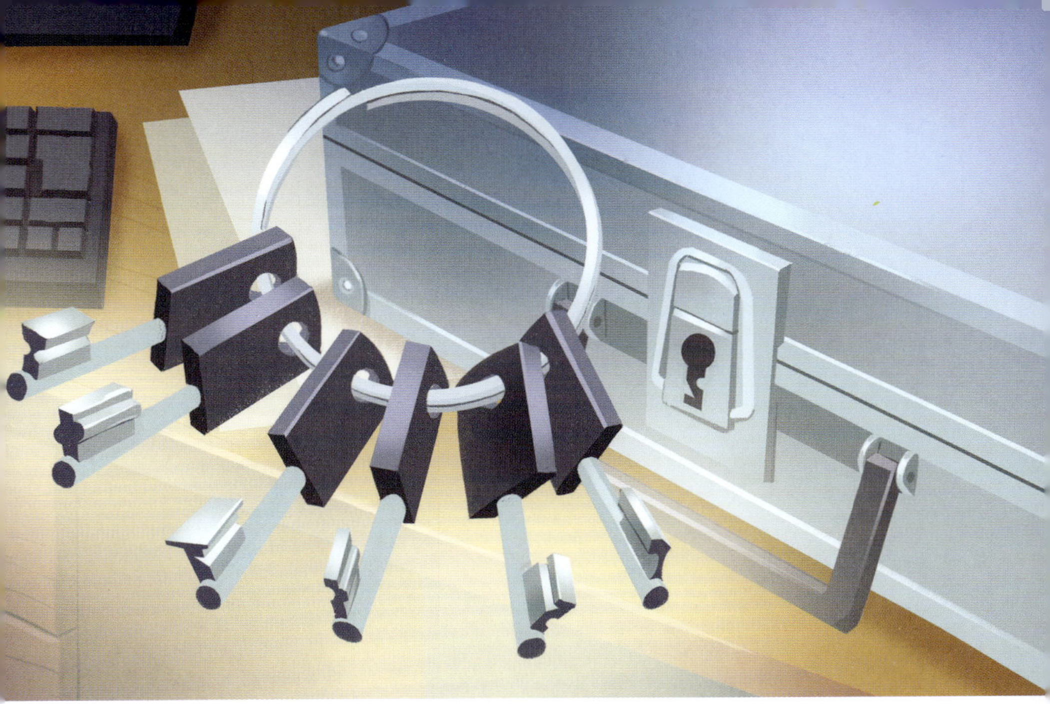

– Incroyable !

Ils sont figés, ébahis devant le monceau brillant qui s'offre à leurs yeux. Colliers ouvragés et bracelets de dentelle dorée projettent des reflets fauves dans la pièce. Xavier n'est pas le moins interloqué des trois : il ouvre de grands yeux. Au bout de quelques instants, Inès rompt le silence.

– On ne peut pas rester là... Qu'est-ce qu'on fait ? On laisse la mallette ici ?

– Ah non ! s'exclame Paul. Tu imagines s'il part avec ?

– Mais s'il voit qu'elle n'est plus là, il prendra la poudre d'escampette. On aura perdu l'occasion d'arrêter un bandit, et tous ses complices.

– Tu préfères qu'il décampe demain avec les bijoux et que Flora Sunday ne les récupère jamais ?

– Je préfère qu'on attende un peu, rétorque Inès, et que la police puisse le pincer. Je sais que tu es fan de Flora Sunday, mais elle n'est pas la seule victime du gang. Il faut les attraper, pour retrouver ce qu'ils ont volé à des tas d'autres gens.

Pendant qu'ils se chamaillent, Xavier réfléchit. Il prend la parole tout à coup d'une voix résolue.

– On va emporter les bijoux, mais il ne s'en rendra pas compte. Quand il soupèsera sa mallette, elle lui semblera toujours bien remplie de ses trésors.

Sortant de son tablier plusieurs petits outils, il les dépose à la place des bijoux, qu'il tend à Paul. Celui-ci les fourre dans les poches intérieures de sa veste dont il ferme soigneusement la fermeture éclair.

– Et pour trouver le gang, ajoute Xavier en verrouillant la mallette, c'est simple. Le butin doit être livré demain à midi. Pour savoir où, il suffit de surveiller, ce soir, s'il y a de nouveaux messages dans le manège !

– Xavier, tu es génial ! s'écrient les enfants en chœur.

***

Quand ils reviennent en catimini au manège après le dîner, le faisceau de leur lampe de poche balaie deux messages qui n'étaient pas là tout à l'heure.

RENDEZ-VOUS AU PHARE DE L'ESPIGUETTE.

CHAPITRE 6

L'embuscade

– Maman, on peut aller faire un tour à cheval sur la côte avec Paul, ce matin ? demande Inès avec une désinvolture étudiée le lendemain.

– Oui, si ses parents sont d'accord. Vous iriez où ?

– Je voudrais lui montrer le phare de l'Espiguette.

– Tu te souviens du chemin ? Rappelle-toi qu'il y a plein de détours à faire pour éviter les rizières.

– Oh ! on trouvera sans problème : c'est bien indiqué.

***

– Tu as bien pris ta caméra ? chuchote Inès à Paul.

– Oui ! confirme-t-il en palpant les poches de sa veste pour se rassurer, pour la centième fois depuis son réveil.

Dans les poches intérieures, il a mis les bijoux. Pas question de les laisser derrière lui et de risquer un nouveau vol. Quant à la caméra, elle est dans une poche extérieure. Ils ont minutieusement prévu leur coup : ils comptent arriver bien avant midi, se cacher près du phare et filmer les complices présents au rendez-vous. Comme ça, la police identifiera sans peine les bandits.

***

– Je suis désolé de ne pas pouvoir vous accompagner, murmure Xavier. Avec le travail que j'ai, et Pacha à emmener pour sa promenade du dimanche...

– Ne t'inquiète pas, dit Inès, on sera plus discrets à deux qu'à trois. Occupe-toi bien de notre vieille amie ! Et emmène le frère de Paul : ils sont inséparables, Pacha et lui !

***

Dash et Éole trottinent depuis quelque temps sur la piste tortueuse. Quand on est en voiture, la route mène assez vite du mas au phare de l'Espiguette, mais piétons et cavaliers doivent emprunter un chemin bien plus long qui serpente entre champs et hameaux. Heureusement, les multiples intersections sont dotées de panneaux indiquant la bonne direction.

Jusqu'à une clairière où une mauvaise surprise attend les enfants.

– Oh ! Le poteau est tombé !

– Aïe. Qu'est-ce qu'on fait ?

– Euh... On essaie une direction pour voir ?

– Si on se perd, on ne sera pas au phare à temps !

Aide-les à replanter correctement le poteau indicateur.

ARLES
AUBERGE DES SANSOUÏRES
PHARE DE L'ESPIGUETTE
MAS DE-DUNES

Un peu plus tard, niché au milieu des dunes, le phare de l'Espiguette dresse devant eux sa haute silhouette carrée. Ils dirigent leurs montures vers les bosquets qui l'entourent, où ils ont prévu de s'embusquer. Inès regarde sa montre.

– Ça va, on est largement en avance.

Paul observe le phare. Quelque chose l'intrigue. En bas de l'escalier menant à la porte, une pierre posée bien en évidence semble retenir une feuille de papier qui bat dans le vent.

– Il y a un papier là-bas... On va voir ?

Le vent siffle autour du phare, et projette des bourrasques de sable dans les yeux des chevaux qui piaffent, nerveux. L'endroit a l'air désert et inhospitalier. Pourtant, quelqu'un est passé là récemment et a laissé un message. Pourquoi ? Pour qui ?

– Oh ! s'écrient les enfants en dépliant la feuille.

Devant eux s'étale, en grosses lettres noires :

MONTEZ EN HAUT DU PHARE.

– Le lieu du rendez-vous serait là-haut ? Il faut aller voir ! s'exclame Paul. On a encore le temps d'inspect… Oh ! Pardon !

Il la regarde, consterné de sa gaffe. Comme il est difficile de se rappeler, quand on a ses deux jambes, ce que vit quelqu'un qui ne peut pas marcher !

– Vas-y, répond Inès comme si de rien n'était. Tu me diras. J'emmène Éole et je t'attends avec les chevaux dans ce bosquet.

Paul pénètre dans le phare et commence l'ascension de l'escalier. Il est encore rouge de honte et ressasse sa balourdise. Est-ce pour cela qu'en gravissant le colimaçon de pierre qui s'enroule jusqu'à la lanterne, il néglige de prêter attention à ce qui l'entoure ?

**Et toi ?
Que vois-tu dans
la spirale des marches ?**

Un papier attend Paul sur la dernière marche.

Comme il se penche sur la feuille, une poigne de fer saisit ses bras derrière son dos et les ligote.

– Fini de jouer, dit durement l'imprésario de Flora Sunday. On redescend. Attention, je t'ai à l'œil.

Il ne reste plus à Paul qu'à obéir, furieux de son impuissance. « Pourvu qu'Inès se soit bien cachée, se dit-il en descendant ; pourvu qu'elle, au moins, échappe aux bandits... » Hélas, il déchante rapidement. Elle aussi a été surprise. Dash et Éole hennissent, attachés à un arbre par leur bride. Le moniteur, bras croisés, accueille Paul d'un air sombre.

– Voilà donc nos deux fouines pincées. Je ne vous félicite pas, jeunes gens. Avez-vous pensé à la peine qu'auront vos parents ?

Paul frémit. Que veut-il dire ?

– Je vais d'abord récupérer ces bijoux, mon garçon. Car ils sont bien dans cette poche que tu tâtais fébrilement ce matin toutes les cinq minutes, n'est-ce pas ?

Paul fait un effort désespéré pour se dégager de ses liens. Peine perdue. Le moniteur ouvre sa veste et saisit, triomphant, le précieux trésor. Mais lorsqu'il ressort les bijoux, son sourire se fige. La stupéfaction envahit ses traits.

– Tonnerre ! Les faux bijoux ! articule-t-il. Puis, d'une voix méconnaissable, il ajoute :

– Je crois que nous vous devons quelques explications.

CHAPITRE 7

Éclaircissements

– Tout d'abord, permettez-moi de me présenter, dit le moniteur.

Il a défait les nœuds qui enchaînaient les chevaux à l'arbre, et libéré Paul de ses liens.

– Maxime Durand, détective privé. Je suis spécialisé dans les affaires de vols. J'enquête pour des clients qui ont été cambriolés, et il arrive aussi qu'on m'embauche pour se prémunir contre des vols : certaines personnes, riches et célèbres, savent qu'elles risquent d'être la cible de truands. C'est justement pour cela que Cécile, dit-il en désignant l'imprésario, a fait appel à moi il y a deux semaines.

– J'accompagnais Flora Sunday sur un tournage, explique l'imprésario, quand j'ai remarqué que des individus nous suivaient. Bien sûr, Flora attire l'attention partout où elle passe, et tout le monde lui court après pour un autographe ou un selfie, mais justement, ces types-là faisaient mine de ne pas nous voir. Je les ai d'abord aperçus à une table voisine dans un café, puis à l'hôtel, puis dans le train... Ça ne pouvait pas être une coïncidence. Alors je me suis rappelé cette histoire de gang que j'avais entendue à la radio. Flora portait des bijoux de grande valeur. J'ai eu peur, et j'ai contacté Maxime.

– Ce n'était pas plus simple de demander à Flora Sunday de mettre ses bijoux à l'abri ? demande Inès.

– J'ai essayé. Mais tu as vu Flora... Tu crois qu'il est simple de la convaincre ?

Les enfants sourient. Autant tenter de convaincre un volcan en éruption de vous écouter.

– Elle tenait absolument à porter ces bijoux, alors Maxime a eu une idée : il a fait réaliser des copies des bijoux, d'après des photos que je lui ai envoyées. Notre plan – en cachette de Flora, qui n'aurait rien voulu entendre – était de ranger les faux bijoux à la place des vrais, que je garderais dans mes affaires. En cas de cambriolage, le voleur repartirait avec les contrefaçons ; de simples chaînes en métal à la peinture dorée.

– J'ai vu qu'il y avait un poste vacant de moniteur au mas, dit le détective, alors je me suis fait embaucher pour être sur place quand ces dames arriveraient. J'avais commandé les faux bijoux pour qu'ils arrivent la veille de leur arrivée.

– Ah ! réfléchit Paul à haute voix, d'où le message qu'on a vu avec Inès : « La commande de bijoux arrive bientôt ». Alors ce sont ces faux bijoux qu'on a pris hier dans votre mallette...

– Oui. Malheureusement, la Poste a eu du retard : ils sont arrivés hier. Trop tard, puisque Flora avait déjà été cambriolée. Je peux vous dire, ajoute le détective, l'air penaud en désignant Cécile, que je me suis fait attraper ! Elle m'a mené la vie dure pour que je retrouve les voleurs !

« C'était donc ça, pensent les enfants en se rappelant la conversation d'hier à côté de l'auberge. Voilà pourquoi l'impresario était furieuse et sommait son interlocuteur d'exécuter le contrat ! »

– Il faut dire, précise Cécile, que j'étais persuadée que les voleurs n'étaient pas loin. J'étais sûre et certaine que c'était… vous.

– Nous ? s'exclament les enfants, indignés.

– Bien sûr ! Qui d'autre pouvait être entré dans la chambre de Flora ? D'après une montre brisée au moment du vol, le dressing a été ouvert à seize heures. À cette heure-là, vos familles étaient occupées ailleurs. Vous étiez seuls. Il suffisait que toi, Inès, tu parles à Paul des clés derrière le comptoir, et que toi, Paul, tu montes à l'étage quatre à quatre…

– Oh ! Comment avez-vous pu croire… !

Les enfants sont outrés, mais ils se rendent vite à l'évidence. Pour des yeux extérieurs, tout les rendait suspects : leurs conciliabules complices, leur attitude furtive… Pas étonnant que leurs interlocuteurs se soient mépris. D'ailleurs, ils doivent bien reconnaître qu'ils ont fait la même erreur !

– Et nous qui pensions que c'était vous, les voleurs...

– Comment ? s'écrient les autres, ouvrant à leur tour des yeux scandalisés.

– Mais oui : un moniteur qui ne s'y connaît pas en chevaux, un rendez-vous clandestin près de l'auberge, énumère Inès. Des drôles de motifs tracés dans le sable, des messages écrits à l'envers...

– Il fallait bien garder le secret ! se défend Cécile. D'abord parce que Flora n'aurait pas apprécié mon initiative. Et pour ne pas éveiller la méfiance des voleu...

– Attends, la coupe le détective. Inès, de quels messages écrits à l'envers parles-tu ?

– Vous savez bien, les papiers avec l'écriture qui se lit dans un miroir. Comme : « Flora Sunday va arriver. Tiens-toi prêt ! » ou « Livraison du butin demain midi ».

Inès s'interrompt. Devant elle, Maxime et Cécile ouvrent des yeux ronds. Il est clair qu'ils ne voient pas du tout de quoi elle parle. Alors, ces messages...

n'étaient pas d'eux ? Elle regarde Paul, qui suit le même raisonnement. Il y avait donc deux types de messages. Les messages codés, que s'échangeaient l'imprésario et le détective, et les messages en miroir, que s'échangeaient... les voleurs. Car les vrais coupables ne sont toujours pas démasqués. L'un d'eux a les bijoux et s'apprête à les livrer aux autres... à midi !

– Dans trois quarts d'heure, gémit Paul en regardant sa montre.

– Il n'y a pas une minute à perdre, décrète Inès, on rentre ! Quelque chose se trame au mas.

– Vous voulez profiter de notre voiture ? demande Maxime.

– Et abandonner les chevaux ? s'offusque Inès. Pas question ! Vite, Paul, en selle !

***

– On n'y sera jamais à temps ! proteste Paul.

Comment faire en trois quarts d'heure le chemin de ce matin ? Dash, aiguillonné par Inès, a piqué un galop, et Éole le suit à longues foulées puissantes ; mais même à cette allure, ils n'arriveront pas à midi au mas.

– On va prendre un raccourci par les rizières.

– Tu sais t'y repérer ?

– Pas du tout ! Hue, Dash, plus vite !

Quelle chevauchée ! La piste est étroite et sablonneuse, et un vent contraire s'est levé, leur projetant du sable dans les yeux : Paul colle son visage contre l'encolure d'Éole.

Les rizières s'étendent bientôt devant eux – de vastes bassins où les épis de riz, ployant doucement sous le poids des grains, achèvent de mûrir au soleil.

– Attention, dit Inès, il ne faut pas abîmer la récolte. On reste dans les couloirs d'eau !

Vite,
aide les enfants
à franchir les rizières !

MAS DES
DUNES 5 MIN.

Bientôt, les grilles du domaine sont en vue, et ils arrivent en trombe… sous les yeux ébahis de leurs parents, qui discutent en groupe près du gîte.

– Qu'y a-t-il, ma chérie ? demande la mère d'Inès.

– Oh ! s'écrie Flora Sunday, c'est votre fille, cette cavalière fantastique ? La jeune fille qui était en fauteuil ? Quelle prestance ! Elle ferait un tabac à l'écran !

Mais Inès a des choses beaucoup plus urgentes à faire qu'un malheur à l'écran.

– Personne n'est sorti du mas ? halète-t-elle.

– Euh… non, répond sa mère. Sauf Xavier, bien sûr, qui est parti promener Pacha sur la plage avec le petit Louis. Ils vont jusqu'à l'auberge des Sansouïres.

Elle désigne l'enclos ouvert, où les canards et le cochon font les cent pas en l'absence de leur amie Pacha. Paul, tout à coup, attire l'attention d'Inès sur le sol de l'enclos. Il trace par terre :

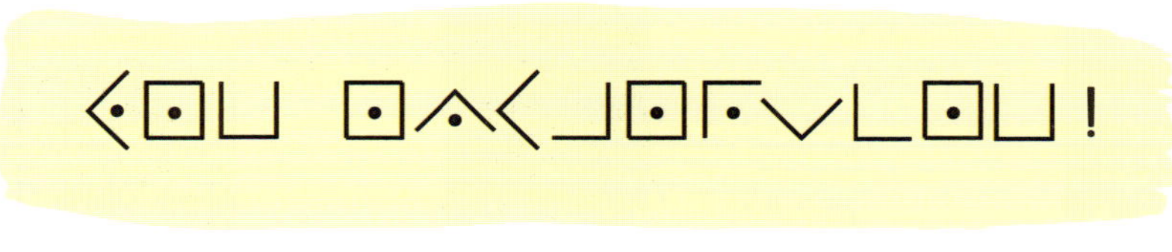

« Quelle mouche l'a piqué ? » se demande Inès. Elle ne voit que les empreintes des animaux et celles de deux paires de chaussures : une d'adulte, une d'enfant. Xavier et Louis, sûrement.

Aide-la à comprendre
ce qui ne va pas !

Inès se frappe le front. La vérité lui apparaît, aveuglante. Bien sûr ! Elle l'a dit elle-même à Paul, avant-hier : les chevaux qui mènent une vie tranquille vont normalement « pieds nus ». Et quelle vie plus tranquille que la paisible retraite de Pacha ? Alors, ces empreintes de fer à cheval, ça signifierait que... ? Elle regarde Paul.

– Vite, à la plage. Il faut qu'on trouve Xavier illico.

Les quatre parents les regardent, perplexes.

– C'est urgentissime, ajoute Inès. C'est à propos des bijoux volés.

– Oh ! Filez devant. On vous rejoint en voiture.

– Mes bijoux ? s'écrie l'actrice. C'est vrai ? J'avais complètement oublié ! Je veux y aller aussi !

Inès la regarde. Dire qu'avec Paul, ils ne pensent qu'à ce vol depuis deux jours, alors que Flora n'y voit qu'une aventure romanesque, comme un nouvel épisode de *Mystère au château* !

– Vous voulez ? Eh bien... en selle ! lance-t-elle en désignant la croupe de Dash derrière son dos.

Flora s'y hisse, ravie, mais Inès ajoute, malicieuse :

– Accrochez-vous. Ça va secouer !

Dash file à bride abattue, Éole sur ses talons. Paul étreint sa monture pour ne pas perdre l'équilibre. Quand il se souviendra, plus tard, de cette chevauchée éperdue, ce sera en un kaléidoscope d'images et de sensations : l'air sifflant à ses oreilles, la tresse de Dash dans le vent, le martellement des sabots sur le sable, l'envol brusque d'une colonie de flamants roses. Mais le plus saisissant restera ce spectacle : Flora Sunday terrifiée, cramponnée à Inès ; Flora Sunday pour une fois parfaitement immobile et... absolument silencieuse !

Trois silhouettes, petits points noirs au bout de la plage se dessinent bientôt devant eux. La jument est montée par Louis ; Xavier tient la bride. Ils pilent devant le trio. Paul saute de cheval et s'approche de Pacha. Un simple coup d'œil l'a renseigné : elle porte la selle qui sert de boîte aux lettres aux malfaiteurs. Il glisse la main dans la fente.

SOUS LES SABOTS.

CHAPITRE 8

Bas le masque !

Sur un hochement de tête d'Inès, Paul lève un pied de la jument. Le fer appliqué au sabot est d'un gris métallique, avec de légers reflets. Paul regarde de plus près. On dirait qu'il y a une très fine couche de vernis. Ou peut-être… d'autre chose ?

– Gratte, dit Inès.

Sous l'ongle de Paul, l'enduit s'écaille un peu. Il gratte plus fort et ouvre des yeux ronds. Des cloques de peinture grise se détachent. De la peinture sur un fer à cheval ? Et en dessous, qu'est-ce que c'est ?

À ton avis,
qu'est-ce qui apparaît sous la peinture ?

– Fantastique ! s'écrie Flora Sunday. Inouï ! Abracadabrantesque ! De l'or !

– De l'or ! s'exclame Paul en écho.

Mais Inès, elle, ne dit rien. Elle fixe Xavier d'un œil noir.

– Alors comme ça, c'est toi.

Xavier, écarlate, baisse la tête.

– C'est toi, le voleur. Toi, qui as pris les bijoux dans la chambre pendant que tout le monde était occupé ailleurs. Facile, avec ta clé passe-partout.

Elle ferme les yeux. Son ami, un malfaiteur ? C'est tout son monde qui s'écroule. Le scénario se déroule dans sa tête avec une précision douloureuse.

– Tu t'es dit que mes parents allaient appeler la police, que la perquisition te trahirait. Alors tu as pensé à une cachette parfaite, un endroit où personne n'irait voir... Sous les sabots de Pacha ! C'était ce que tu faisais, pas vrai, quand on est venus te voir à la forge ? Tu avais fondu l'or des bijoux pour en faire des fers, et tu venais de finir la peinture.

Paul se frappe le front. Quel idiot ! Il se revoit manipuler les fers et dire que certains étaient vraiment lourds. Il avait de l'or massif entre les mains et il ne s'est douté de rien !

– Tu as attendu que la police soit repartie pour contacter tes complices. Tu recevais tes instructions dans cette selle : des messages innocemment rapportés par les randonneurs qui s'arrêtaient à l'auberge des Sansouïres, pendant que toi, tu restais tranquillement au mas, insoupçonnable. C'est bien ça, n'est-ce pas ? Quelqu'un à l'auberge glissait les messages dans la selle ? Quelqu'un qui t'a commandé d'apporter le butin aujourd'hui à midi ?

– Oh ! souffle Paul. Alors cette histoire de rendez-vous à midi au phare de l'Espiguette, c'était n'importe quoi ? Comme les messages codés d'hier soir ? et ceux qu'on a vus ce matin dans le phare ?

– C'était un petit cadeau de Xavier, dit Inès d'un ton amer. Une fausse piste. Histoire de nous envoyer voir du pays pendant qu'il allait au vrai rendez-vous. Tu as dû bien t'amuser à nous semer, Xavier !

Bravo. Encore quelques minutes et tu étais à l'auberge, tu attachais Pacha du côté de l'abreuvoir, mine de rien, et tu allais déjeuner sur la terrasse avec Louis... Pendant ce temps-là, ton ami lisait ton message : « Sous les sabots. », et empochait l'or.

– Pas mon ami ! crie Xavier tout à coup. Ça, c'est faux ! Écoute, Inès, tu as raison pour tout le reste. Mais mon ami, ça non !

Il se prend la tête entre les mains.

– Je ne voulais pas... Il m'a forcé ! Jamais, jamais je n'aurais volé ces bijoux si...

Sa voix se casse.

– Tu le sais, Inès, que l'argent ne m'intéresse pas. Qu'une seule chose compte pour moi : les chevaux, leur amitié. Et aussi ton amitié, Inès. Ne me méprise pas. Vous allez me manquer, ajoute-t-il en regardant quelque chose derrière leur dos.

Les enfants se retournent.

À ton avis, qui d'autre que les parents arrive à leur rencontre ?

– Vous pouvez m'arrêter, dit Xavier en tendant les poignets aux policiers qui s'avancent.

***

– Félicitations, les enfants. Grâce à vous, le gang de malfaiteurs est sous les verrous.

Le commissaire bourre sa pipe, l'air satisfait. Inès et Paul sont assis devant son bureau avec, autour d'eux, tous les habitants du mas.

– À commencer par le cerveau de la bande, un truand endurci, échappé de prison. Il avait des lingots d'or plein la cave de son auberge.

– Le patron de l'auberge des Sansouïres !

– Oui... mais surtout le chef d'une bande criminelle qui comptait bien faire encore parler d'elle.

– Xavier... souffle Inès, accablée.

Elle ne se remet pas de la trahison de son ami. Xavier, un gangster !

– Oh ! dit le commissaire, le cas de Xavier est différent. Bien sûr, il a volé et il aura à en répondre devant la justice. Mais je pense qu'elle sera clémente. Voyez-vous, lui aussi a été, en quelque sorte, une victime de ce malfrat.

Et, se penchant au-dessus de son bureau, il leur raconte l'histoire du maréchal-ferrant. Celui-ci a eu une jeunesse tumultueuse : orphelin, sans le sou, il a noué des amitiés douteuses et s'est laissé entraîner par des camarades sans scrupule.

– Des petits larcins par-ci par-là. Xavier est intelligent, habile de ses mains. Mais il s'est fait attraper. Le tribunal n'a pas été tendre : six mois de prison. Pendant ces longs mois, Xavier a eu le temps de réfléchir. Il a décidé de changer, de gagner honnêtement sa vie. Est-ce parce qu'il se rappelait son enfance, les heures passées avec son grand-père à observer les chevaux dans les marais ? Il s'est dit qu'il lui fallait un métier au contact des chevaux. Le reste, vous vous en doutez...

– Il s'est fait embaucher au mas, murmure Inès.

Ses propres souvenirs défilent : Xavier pansant, dressant, soignant les chevaux... et ce sourire particulier qu'il avait avec eux.

– Oui. Mais son passé l'a rattrapé. Il avait côtoyé, en prison, cette canaille dont nous parlions. Et l'autre, après son évasion, l'a retrouvé. Il l'a contacté il y a deux semaines : soit Xavier volait et lui livrait les bijoux de Flora Sunday, qui devait arriver bientôt au mas, soit il écrivait à ses employeurs que Xavier avait fait de la prison.

– C'est du chantage pur et simple ! s'écrie Flora.

– Exactement, madame. C'est pourquoi je pense que le juge ne devrait pas être trop sévère.

– Quand même, dit la mère d'Inès, il aurait dû refuser.

– Bien sûr. Mais il a eu peur que vous le renvoyiez. Peur de ne plus jamais revoir les chevaux… ni Inès.

– Pour me revoir, il va me revoir, lance Inès. On lui rend visite au parloir dès demain, pas vrai, Paul ?

Le commissaire tend une boîte à l'actrice. Les quatre fers y brillent, décapés de leur peinture.

– Voici… Avec tous mes regrets que vos beaux bijoux aient été ainsi perdus.

– Mes bijoux… murmure l'actrice quand ils reprennent le chemin du mas. Ils étaient beaux, c'est vrai, mais je m'en passe très bien, au fond. Ils n'avaient aucune valeur sentimentale : ils m'ont été offerts par une maison de luxe dont j'ai porté des robes à l'écran. Quant à l'or massif, qu'est-ce que j'en ferais ? Je trouve, les enfants, que vous l'avez mérité mieux que moi, avec votre bravoure ! Et quel panache, mademoiselle, lorsque, faisant corps avec votre monture, vous avaliez les kilomètres avec grâce, en vraie centauresse !

Paul sourit. La voilà repartie dans une tirade.

– Je sais ! Avec cet or, vous achèterez un cheval. En souvenir de mon passage ici ! Un pur-sang impétueux, à mon image, que vous appellerez… voyons…

Paul trace en douce sur le bras du fauteuil d'Inès :

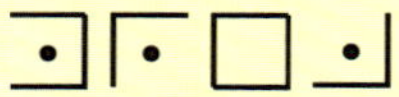

Inès étouffe un gloussement et répond :

NOM PARFAIT !

– Et j'ai une proposition, mademoiselle. Voulez-vous, avec votre cheval, être ma doublure pour les scènes de cavalcade des prochains épisodes de *Mystère au château* ? Je crois… que je ne serai peut-être pas tout à fait prête dans dix jours.

– Miracle ! murmure l'imprésario. Elle a compris !

***

Le mas se vide. Flora Sunday et Cécile sont sur le départ. Ainsi que le moniteur, qui, au grand étonnement des parents d'Inès, quitte son poste après deux semaines à peine. Flora, dans une grande scène d'adieu, broie la main des enfants dans la sienne. Paul se réjouit de voir bientôt à l'écran les deux personnes qui le fascinent le plus.

– Tout de même, lance-t-il à Inès quand l'actrice est partie, il va falloir travailler, cette semaine ! Tu as de sérieuses lacunes.

Et comme elle le regarde, l'air interrogateur, il ajoute, taquin :

– Il te manque vingt-deux épisodes de *Mystère au château*. On s'y met dès ce soir !

MESSAGES À LIRE AVEC UN MIROIR

p. 14 : Flora Sunday va arriver. Tiens-toi prêt !

p. 22 : Voler tout l'or.

p. 48 : Livraison du butin demain midi.

p. 57 : Rendez-vous au phare de l'Espiguette.

p. 63 : Montez en haut du phare.

p. 78 : Sous les sabots.

p. 88 : Nom parfait !

MESSAGES CODÉS

p. 18 : La commande de bijoux arrive bientôt.

p. 29 : Se méfier des enfants

p. 38 : Départ police. Rv 15 h auberge des Sansouïres

p. 48 : Exécute le contrat !

p. 57 : D'accord

p. 65 : Ici

p. 75 : Les empreintes !

p. 88 : Diva

JEUX ILLUSTRÉS

p. 10-11 :

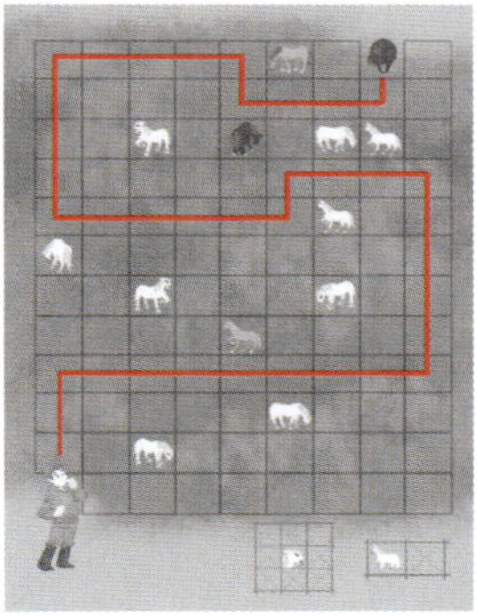

p. 21-22 :

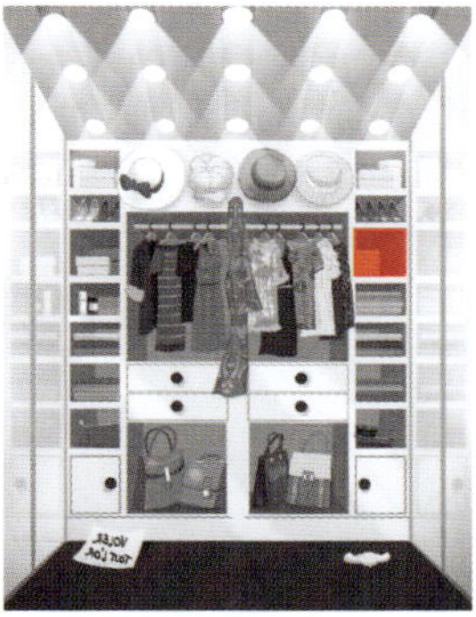

p. 23-24 :

Vu la position du bracelet, la montre ne peut marquer que 4 heures ou 10 h 30. La petite aiguille étant dirigée vers un trait, et non entre deux traits, elle indique une heure pile. Il est donc 4 heures !

p. 32-33 :

p. 37 :

Le moniteur aide l'actrice, mais il se tient juste derrière le cheval, à portée de ruade.

p. 40-41 :
Il y a en réalité 6 oiseaux garde-bœufs à trouver, mais l'un d'entre eux a son reflet dans l'eau = 7 !

p. 46 :
Ne serait-ce pas Cécile, l'imprésario de Flora Sunday ?

p. 50-51 :

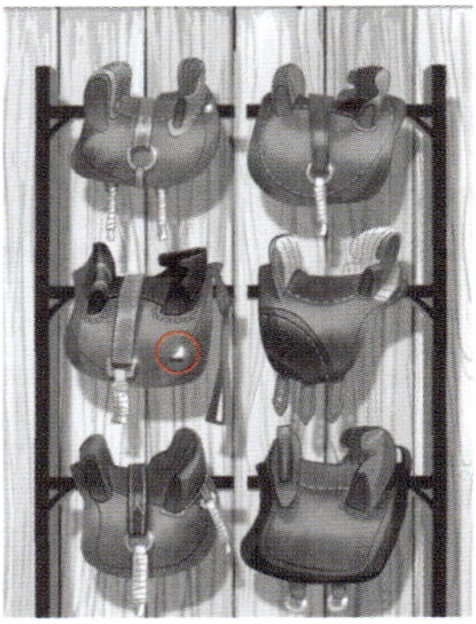

p. 54-55 :

p. 61-62 :
Il faut redresser le poteau et le placer de telle sorte que le panneau marqué « Mas des Dunes » indique le chemin par lequel les enfants arrivent au carrefour. Il faut donc prendre à droite pour aller au phare de l'Espiguette.

p. 64-65 : Encore Cécile !

p. 73-74 :

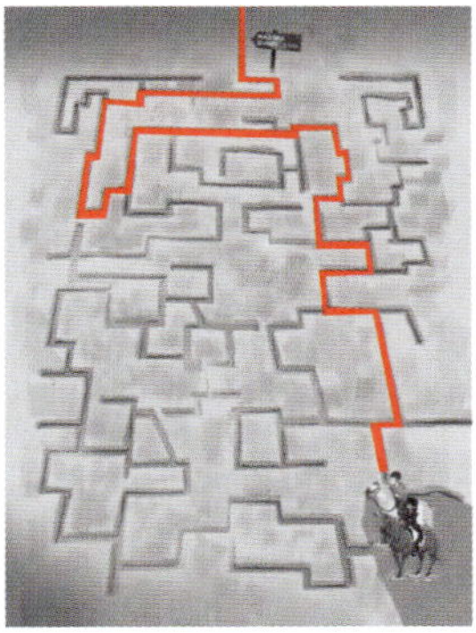

p. 76 :

On aperçoit sur cette illustration des empreintes de fers à cheval. Normalement, la vieille jument Pacha n'est pas ferrée !

p. 79-80 :

Les fers de Pacha sont en or massif.

p. 83-84 :

La police. Leur voiture est cachée à droite de l'image.

Certifié PEFC
Ce produit est issu de forêts gérées durablement, de sources recyclées et contrôlées
PEFC
10-31-4013
www.pefc-france.org

Dépôt légal : avril 2025
Achevé d'imprimer en mars 2025 par SEPEC AGM,
Z.I. rue Gutenberg, 76440, FORGES-LES-EAUX
N° d'édition : 25L0116
Ce livre est composé de matériaux issus de forêts bien gérées,
certifiées PEFC et d'autres sources contrôlées.

Dans la collection MÈNE TON ENQUÊTE

À l'Opéra de Paris

Au château de Versailles

Espions et Compagnie

Au cinéma hanté

Menace sur le Louvre

Chez les dieux grecs

Mystère au ballet

Dans les coulisses de la mode

Au temps des pyramides

Au royaume des licornes

À l'ère des dinosaures

À l'abordage !